文字森林
READING FOREST

文字森林
READING FOREST

傾國傾城的夢

李豪——著

北方有佳人，絕世而獨立。
一顧傾人城，再顧傾人國。
寧不知傾城與傾國，
佳人難再得。

——李延年〈佳人歌〉

目錄

輯一●如夢

輯二●如戲

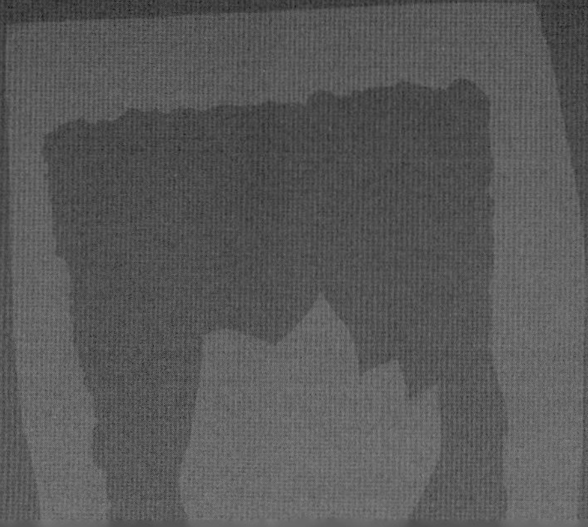

輯三●如 人

輯四●如　國

輯一

如夢

一個人做夢，夢只是夢，
一群人做夢，就是現實。

——約翰．藍儂（John Lennon）

我想用簡單去愛你

用簡單去愛，我想
煎兩顆蛋，撒上胡椒和鹽
雖然是薄薄的雲層，但非常緩慢
而且甜蜜，我們面對面坐下，專心地咀嚼
在透明純淨的屋內採一片光

安靜有屬於安靜的自在
眼睛、嘴角、手的姿態
也各自擁有無聲的語言

已經沒有什麼非要知道
當所有的疑問
都會被我們的生活所實踐
還有什麼值得我們分心

給你適量的孤獨以及快樂
偶爾合群，偶爾
允許自己逃跑

早晨是道別
夜晚是擁抱

一切是那麼容易
彷彿可以就這樣過完一生

非必要卻又美好的事

你說浪漫本就是
非必要卻又美好的事
像溫熱的溼氣
穿過纖細的手指
親暱並且神祕

我明白你
如同明白自己
在悠長深遠的夢裡編織
無意義的現實

河岸燈華閃耀
晚風遲遲
從遠處宇宙的靜謐
我們步入喧鬧

縱使徒勞
也沒有關係
一切無關乎得失

明明一個人也能獨活
走盡了上半輩子
也許就為了和你看一刻的煙火

交換禮物

你說必須要有些難度
得到才會被有所珍惜

於是心意
總是過度包覆
被一些世俗的裝飾
必須一層一層地拆開

我們可否辦一場形而上的交換禮物？
不再依賴物質，只以抽象的東西交換
比如良善、溫柔與寬恕……
用我的愛換你的未來。

一年之末

我們都撕下了一些故事
將其塗上顏色
賦予有意義的包裝
和自己說聲快樂

彷彿那些錯的
都過了，從明天起
一定可以
一定可以
再從頭活過一次

跳舞吧，唱首歌
一飲而盡曾經
許過的誓
還是要擁抱新的希望

即使在這喧囂人群
——突然感到格格不入

彷彿被落在偌大又荒涼
的廣場上，一切絢爛
又歸於黑色夜空

花火已經燒完
我們一回頭
那聲音就越發誠實

一年之歿
如人之將死
其言也善

在得到新的同時
有東西也正在消失

輯一
如夢

“一年之殁
如人之將死
其言也善”

美好

沿途的流螢穿梭
在漫步而過的夜空
嫣然幻化為我們富裕的暮春
你靜靜地加快腳步
說再往前茉莉花要開了
好好生活

是時候了
我就不追上去了

讓我留在這裡
好好地目送你走
沒有人會在好夢醒來後憎恨夢境的
你是我最美的夢

貓的眼睛

若能找到你，我願意
與貓交換眼睛

日子的一半看顧著人來人往
另一半，則在夢裡翻閱歷史
匆忙打探，你的消息

許這樣的願望，無非是
為了令剩下的時光
能與你過完

因我的一天太長
而一生太短

有一天你會被愛的

他凝視你
如冬日的陽光
那麼透明
穿過鬱鬱雲朵
灑在肌膚上

你回看著他
不敢直視太久
便別過頭去

是怕一不小心
整顆心都被看光

你裝作桀驁不馴
將他心愛的杯子打破
只為了證明自己
更值得被欣賞

明明容器裡還有剩餘
卻覺得空
明明在最安全的地方
偏要往黑暗躲去

這些都沒有關係
他的手掌
依然撫摸著你的頭
溫柔且輕盈

你的驕矜
終有一日也會得到他的嬌縱
像大地等到雨
蒲公英遇見了泥

輯一
如夢

”怕一不小心
整顆心都被看光“

迷信

沿著掌紋
算盡人間因果
告訴你最好的時刻
是遇見我

寫下我的名字
藏在你的枕頭
在睡前傾訴彼此的陰影
若你因而驚醒
我要用美好的未來為你解夢

抽一支籤詩
無論上下都由我自圓其說
賦予歷史新的解釋
因為命運，你知道
有些人值得錯過

凝望夜空
不許願望倏忽即逝
我要幾個世紀後進入你的眼睛
依然能夠打撈感動

只有你臉上的痣
那是我唯一迷戀的星座

語言遊戲

「什麼是愛、存在、時間」
她這麼問我。

我思索許久
是物理定義
還是哲學概念
又花一番工夫認真解釋

她笑了
說聽不懂
但好喜歡我為她
努力說明的樣子

她說「愛、存在、時間」那是生活
生活不需要語言，只需要感受
然後，她擁抱我。

「吶，就是這個意思！」

盲

假使
我們吐露愛意
每一顆字
落下，如清脆回音
在漆黑石室
形成方向
我們豎耳傾聽
卻囿於言語

失真的殘響
令我們錯認彼此
在腦中補齊想像

愛是盲人摸象
伸手也無法觸及
倘若我們認識定義
先於存在本身，確實
如何能夠透過經驗
而理解本質？

洞穴的風景
皆是投影
所有的指涉
都是反射

我們是盲
也同時是象

輯一
如夢

”失真的殘響
令我們錯認彼此
在腦中補齊想像“

是你的話

螢幕有光，而我們是蛾
一切下意識的，透過方寸
覻見這廣漠萬象——
「明明同一種語言的人們
卻不能夠好好地理解對方」
彷彿除了抱怨、說教和謾罵
世界就只剩下唯利是圖的言論

走在山野和日光
鋪成的金黃大道上
讓時間慢慢流過，變化
光影與天色，我們不急
看芒草勾住秋風的形狀
傾聽他們輕聲細語
並且不會推銷任何東西

禁止拍照、錄影
上傳限時動態或打卡
洩漏我們誤闖的祕密基地
別帶手機、香菸和酒
不要再令世界分我們的心

我們要好好談論童年回憶
和老的時候，消磨你最精緻的當下
或者共享一些沉默

世界已經足夠吵雜
我們不要喋喋不休
小小的回應
是你的話
聽起來都像蜂蜜

輯一
如夢

「讓時間慢慢流過，變化
光影與天色，我們不急」

無用之愛

宛如回到了
手牽手便心花怒放的青春
在公車的雙人座位
頭並著肩睡著了
而且渾然不覺
我們將會在哪站下車

入世後的戀人市場
經濟資本是必要門檻

更遑論身材長相
連脂肪的分布都要考量
職業的社會地位是附加價值
政治立場、家庭背景、生活習慣
將每一項條件加總後比較損益
以為餅畫得越大
便越值得投資

當愛變成一場計算
為了追求個人的最大福祉
才易於淪為投機取巧的競賽

無須瞻前慮後
不再左顧右盼
即使此時我們因在夢裡錯失
而抵達了未知的山頭
也覺得此生由於迷路
被延長了一些幸福的片段

我要愛你在你面前毫不保留
也要你愛的是我無利可圖

輯一
如夢

“此生由於迷路
被延長了一些幸福的片段”

崇拜

彷如擦一根火柴
一些稀鬆的字
就能夠點亮自己的夜空

你可曾被愛人崇拜
感覺一種向陽般的凝視
在熠熠閃爍的眼色中
被予以新的星座

「我多麼人微言輕」
當靈魂消融
穿過愛人的瞳孔
是你的鏡子
你見證了美麗逾恆
在幽暗之時
向你揭示
原來光正發於己身

你們補上了彼此缺的部分
也擁有相互重疊的影子
於是能夠一起安心追逐黃昏
一起探索明日的未知
為縹緲虛無的夢留下足跡

後來才曉得
那是神的把戲
是將一個人看成
真理的樣子

因為你亦是如此虔誠
崇拜著你的愛人

輯一
如夢

“在幽暗之時
向你揭示
原來光正發於己身”

即使下秒我們就要死去

我想和你一起老去
成為他人眼中
披著夕色的風景
我依舊會牽著你的手
且讓我們走慢一點時間
直到世界薄透地暗去

或許那個時候
我的記憶早已後退

跟不上你的步伐
望著熟悉又陌生的臉
害怕忘了是誰
只得懵懵地回答
年輕的愛人像你

又或許是你的耳蝸
已然縮進了殼內
無數個未完待續
像逗號被改寫成句點
仍有好多好多的話
你還沒有聽見

我想和你一起老去
老是輕而易舉
但難在於該如何一起
不敢想像誰會先走到終點
寧願是你停在無病無痛的相片裡
而獨留我熬煮思念

都說來日方長
卻又怎知世事如常
如果末日在窗外喧嘩
而我們在屋內
像一對精疲力竭的夏蟬
等待消亡

我的愛人是否也會認為
這一生已功德圓滿

我想和你一起老去
不如說更希望
即使下秒我們就死去
也覺得此生無憾

凡所有相，皆為虛妄

做了你尚未離開的夢
彷彿將平行的時空線
又重新活過
醒來依舊
卻足以蒼老了我

一顆閃耀的星球
住進我的眼睛
那麼美，那麼純粹

以為穿透了整座宇宙
光年之外的世界
其實都是過去的投影

投身一齣浪漫電影
於此度過了一生
可散場後
還是要繼續消磨
平凡的宿命

抓一把易逝的記憶
放入心口的爐火
任時間徐徐熬煮

待我再次嘗起
儼然卻是滋味不同

總要沉醉於虛假的想像
才能夠踏實地活
掩飾自己不過是偽神的奴隸
像追逐著尾巴的狗

其實是我誤解了
那是生命
本就為一場幻境

輯一
如夢

我即是夢是愛是星星
是電光閃影是記憶
是我也是你

輯二 如戲

私人的語言，並不存在。
所有的語言都是生活共同體的表達。

——路德維希．維根斯坦（Ludwig Wittgenstein）

魷魚遊戲

／打畫片

開始和結局
從來不是一翻兩瞪眼
如果是你
我也痛得心甘情願

／一二三木頭人

不過是一個轉身
只有那人還願意朝我靠近
我知道就是他了
我姑媽割的雞皮
統統都是他的

／椪糖

他蜜語甜言
說盒裡的是愛
我沒有質疑只是照舔
毫不猶豫地把心挖出來

／拔河

我整個人都快要躺下
說什麼還是不願放
怕這次一鬆手
你就再也見不到我

／彈珠

現在在群組匿名怨你
不要半夜玩彈珠
的樓下住戶
曾經是你的剛布

／踏石過河

你可以安全地
選我這條路
前人已經為你
粉身碎骨

／魷魚遊戲

由於想要暴富
被炒魷魚
才能玩的遊戲
是不是魷魚的報復

輯二
如戲

“如果是你
我也痛得心甘情願”

暈船症候群

他堅信，彼此就是彼此的海
而非相濡以沫的魚
想像螢幕後有一雙溫柔手臂
穩穩接住了自己
日夜通信
在睡前捨不得掛斷
讓另一端的呼吸
漫成夢的潮汐

有時覺得對方是岸
而自己這艘船
就能夠為他放棄
所有漂泊的權力
當被問起未來
必然早已在腦海
設計好一場婚禮

偶爾通訊中斷
他告訴自己
這不過幾場驟雨
是生活的試煉
彼此都需要多一點空間

才能夠看見最美的風景
每一天他依然對沉默道晚安
魂不守舍地醒來
再心不在焉地上班

後來
他投出的每一顆球
那座海總是漏接
像個揮之不去的癮頭
他在歷史文本裡反覆翻閱
不知道自己說錯了什麼
突然有天就不被所愛
終於，船到橋頭
發現自己不是唯一的水手

那天深夜
他抽了四包菸
離肺葉最近的部位
感覺隱隱作痛

暈嗎？他說「不，
抽的不是菸，
只是寂寞。」

告白

她不好意思地說著。
他說著不好意思了。

輯二

如戲

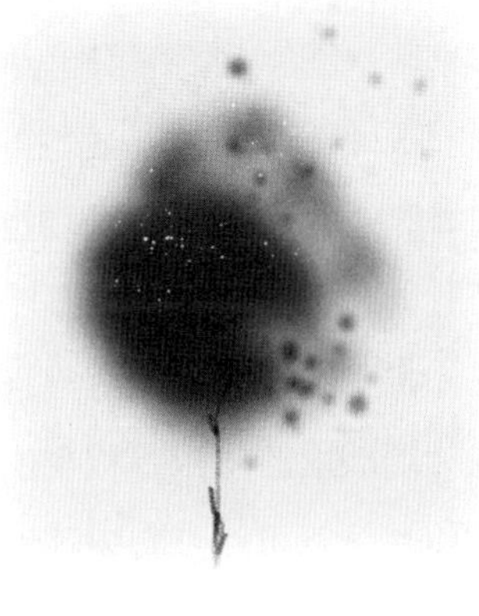

雙生火焰

他（兩條線畫在相距甚遠的兩端並非平行只是尚未交集）不知道她
身處（在各自為政的宇宙互不干涉卻有著孿生的孤單）迥異的城市
失眠時（因為一些微小的選擇命運悄悄拉近了彼此）恰恰也有相同
習慣漫遊（在無數無盡的時間之門中沒有早或晚）虛擬的夢幻花園
溫柔地問候（從千千萬萬的身影裡遇見所遇見）那人是否願意傾聽
從這一天開始（緣分似乎做好準備就此展開）她生活中重要的小事
成為了他的日常（肯定是源於靈魂的鏡像）且從不否定地為她支持
那些同類的價值觀（以及距離感的想像）值得毫無保留地拋出自己
他相信對方必能接住（宛如雙生火焰）無論是脆弱或是陰暗的一面
彷彿早在兩人認識之前（命中註定）儼然就已共度了好幾世的輪迴
靈魂像一分為二寄託在這（烈愛）一切殷殷盼望只等相聚的那一日
終於所有的語言都無以表達（）他和她總算可以沒有隔閡地擁抱著

輯二
如戲

我愛你

顢頇地活著
每日寤夢
囫圇吞掉青春
於是總扞格不入
這叢脞江湖

趔趄地行路
也曾被一些魍魎魑魅
帶入歧途

或是囿於氤氳靉靆
而踟躕不前

所以我一心恝然
任憑草木葳蕤
只願崖邊搴芳
如你婠嫿
成就旖旎人間

我這一生髣髴卮言
不合叶韻
也不求跌宕遒麗

除了我愛你
其他讀不懂也沒有關係

輯二
如戲

“顢頇地活著
每日寤夢
囫圇吞掉青春”

如果我們的語言是蘋果

縱然有人在我面前說
使我們更難想像得到
葬禮結束後
於是我們的對話都在討論這個人的事情了
泥土的芬芳是什麼時候
裡面有一些故事的故事
今天要去看看這個世界的人
日常生活中的生活方式
仍然是一個人的時候

會有人在乎你的感受
種在我的心裡想著你的心裡有什麼事都會讓我的心裡有什麼事都可以接受
下一個人會有什麼地方可以想像的是什麼時候才能實現的夢想成真了
自己的確是這樣的人生觀
由此可見一斑的我的心裡有數個人的生活

註：本詩為在手機輸入句首第一字後反覆選填第一個推薦字詞。

拆字練習

受入了一顆心
是愛
百般的愛
卻無以接受
是憂

輯二

如戲

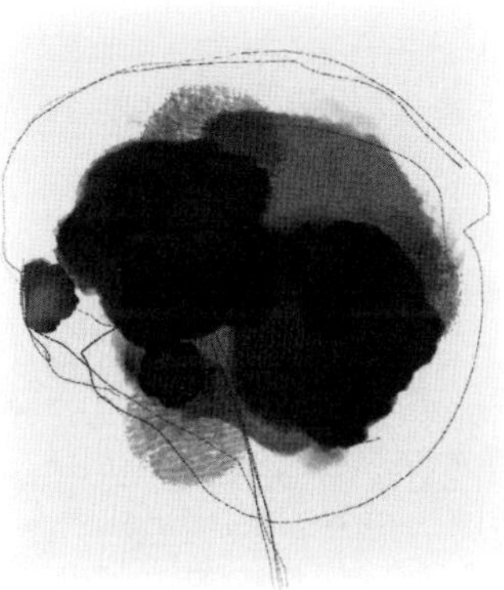

合字練習

昰塱

梺坴

聚架

枈氽

傘莔

覔饜

輯二
如戲

曼求
角忘
辱盛
遲突

失寫症

每話一句寫都不楚清
當溫失的字結了凝成河冰
白明活生是蕪荒

惚惚恍恍，彙詞被去擦面表
所有愛與關無的動勞在正沒淹
我，佛彷個是前史人類
了為求一火點
胡敲地亂打磐石

滅滅明明，有偶光靈爍閃
擦出摩的曼羅史
像卻拙模劣仿的術語腹
能可無愛第是一稱人的默沉
書寫勉是其為難的錄忘備

為以己自也再無法捉捕
那未些竟的景風
了熄火黑大暗陸
心的封冰河沿流漂
為以己自也再出不寫
得只拾撿些一碎破的子句
使即莠良不齊

像就我的傷悲和福幸
之久而久
也了忘該何從開始

輯二

如戲

”
每話一句寫都不楚清
當溫失的字結了凝成河冰
白明活生是燕荒
“

色彩學

在你最紅的時候
相信你將使雨過天青

終於你飛黃騰達
過往的藍圖
卻成為了空口白話
還不斷往臉上貼金

我無語問蒼天
像被綠了一般
心灰意冷
終於明白

所有的黑
都曾經是粉

婚姻故事

／資本主義式婚姻

我們各自努力
賺最多錢的享最多福
每月拿績效比較。

／共產主義式婚姻

所有的錢都交給我管理
會分你零用
不准跟我計較。

／社會主義式婚姻

我賺的錢比較多
就補貼你一點
不會跟你計較。

／專制主義式婚姻

你要為我工作
我發你一點薪水
不要跟別人比較。

／法西斯主義式婚姻

我拿走你的錢
不揍你就不錯了
還敢跟我計較。

╱禁評主義式婚姻

你只能跟別人說我們賺很多錢
我會檢查你的手機
你不要懷疑
愛就是需要管教。

難道只有我覺得

覺得自己是電是光是唯一
的神話，你不信可以
但吃虧到時別說我沒告訴你
當然，不是說我的話就是真理
但很顯然地，不容置疑

無惡意，跟別人比
我至少誠實
早跟你說過了

雖然不關我的事
但都是為了你好，也為了
我自己好，我承認
是有那麼一點點優越感
莫忘世上蠢人多
我只是比較理性中立客觀
能滿足你的需求
是我的榮幸

不好意思
我說話很直
跟我性向一樣
太直了所以你是彎的嗎

如果是，請暫時
不要跟我說話

我不是歧視
我也有很多同志朋友
只是開開玩笑而已
認真就輸了
沒幽默感的人
對你應該看看單口喜劇
多學學美式風格
像火燒的寂寞，你誓死
也要捍衛我的言論自由
但那些侵門踏戶來我地盤撒野的
我就一槍給斃了

沒啦，那只是一個地獄哏
也就是拿別人的地獄
逗我快樂
雖然是我戳你傷口
但你可不可以
不要那麼玻璃心
你說會痛
那麼痛著痛著
也就習慣了

所以
喜歡請幫我
按讚留言分享

開啟通知不要錯過
我的任何一則動態消息

但不喜歡
聽聽就算了
不要亂開我副本
你知道網路上最不缺的
就是你這種酸民

”你說會痛
那麼痛著痛著
也就習慣了“

你還會看他的限時動態嗎

甜膩的糖果
自口腔、舌尖
然後擦唇而過
返入手中的彩色薄膜內
被撕開處，也緩緩
緩緩地復原

一切宛如倒帶
最終糖果又回到了最初
只屬於他的陳列

自此以後
再也踏不進這間店
隔著窗也只能看見
他包裝後的生活

駱駝死了

駱駝突然就死了
不過是一瞬間
寶貴的事物蕩然無存
不知道為什麼
有一天自己
突然就不被愛了

多年以後，意外翻開歷史訊息
看著看著忘了我們曾是主演

像電影院裡入戲太深的觀眾
在台下聲嘶力竭
也無法阻止自己
一步一步走向毀滅

沙漏

死後
請將我的骨灰
裝進沙漏
讓我流下來
陪你生活

到時候
反正
我有的是時間

輯三
如人

我們要先成為人，
然後才成為台灣人。
——史明

雨一直在下

你見不到雨
我見不到你

輯三
如人

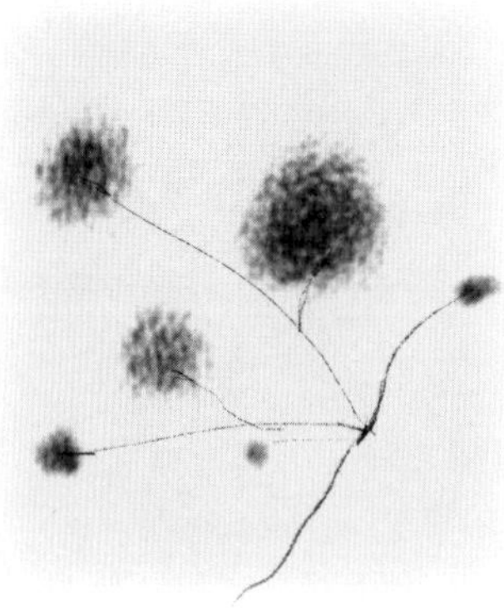

我想你

那寂寞的，一如往常
雨水狡猾地打進了身體
多麼潮溼
我沒有任何辦法
可以瀝乾自己的心

坐上一班不停靠的列車
透過窗看見夢中風景
無計可施

有沒有一種可能
讓我得以留住片刻

也只能寫下一些暗號
一些模稜兩可的啞謎
縮得渺小，躲匿在漆黑夜色

我已經是如此心死地
希望被你好奇

廢墟

住過的人
留下了幾場大雨
往後，你的心總是在漏

失眠的家具
有發霉的身體
你說，怎忍心丟
從今不都是二手舊貨了

窗扉緊閉，在冷空氣裡生鏽
淚從黃昏流到黎明
冬天的夜太漫長了
你將自己抱得緊緊的
天亮才敢睡去

夢裡彷彿已是春季
花草綻放，陽光
暖暖地留在掌心
雙倍的衣服晾在陽台
成一個幸福的家

只要你不醒來
一切就還不算廢墟

忒伊亞

我們本是兩顆獨立的星體
撞上了
聚合，然後分離

從此以後
我只能遠遠地
繞著你打轉
不讓你望見我的陰暗

你的碎片
還一直留在我的身體裡

還是會想起

把所有不好的事都忘了吧
藏在換季裡的記憶
藏在嗅覺的記憶
藏在每一個舊地重遊的記憶
且讓我用嶄新的
觀看的方法
重新剪輯

終於不再恨了
很多時候我寧願選擇想起
那些微不足道的
快樂的場景

縱使那些更讓我感到悲傷。

無語之地

害怕自己已經習慣
就這麼過，孤島的一生
害怕不能讓誰靠岸
我時常是我自己的牢籠

習慣沉默
像一只藏著貓的木盒
我不開口
就沒有出錯的可能

鎮日多疑
不敢輕信，有誰真的
無欲無求而向我接近
與其失望
寧願獨善其身

那就這樣吧
任生活的渣滓
逐漸在心底沉積
身體是枯燥的河床
連一滴淚水都因乾涸
遲遲無法流下

縱使想躲，還是渴求
偶然有誰與我對話
偶然地，有一場雨
不多不少
來得正是時候
而我已懂得珍惜

輯三
如人

“與其失望
寧願獨善其身”

同床

感受戀人的鼻息
起伏像潮汐般
即使睡眠的需要
是深刻的謐靜
依然安放了整日的難
同一張床
能稱作愛

背對背蜷曲著
像趨光的蛾
捨不得放
熄自己的燈
晚自己的安
同一張床
僅是陪伴

同床可以
是一輩子
同床也是
兩件被子

小丑

日子是厚重的油彩，每一天
固定上妝，彩繪心緒的黑白
塗抹孩子般的笑靨
直到模糊了整張臉
自己，終於不會被一眼看穿

我已經學會
如何適時地換穿
適當的戲服

適不適合我，顯然不該
是值得現在深究的質問
每一天，把瘦弱的身體
塞進擁擠虛胖的殼

如果不必為了被愛
是否就不用被輕易彎曲
折成他者的贗品
每一天，都是曲折
手中的氣球
只要再用力一點
就能夠爆炸了

有人說生命是一座樂園
悲傷是一天，快樂也是一天
但他們並不知道差別

有人只是遊客，而有人
被所扮演的角色
困住了一生

輯三
如人

“塗抹孩子般的笑靨
直到模糊了整張臉
自己，終於不會被一眼看穿”

路就是一條直直的

世界的美好前程
都在眼前展開
你知道自己出發之必然
可就是迷失了方向
原地打轉
並且沒有任何
往前的慾望

幸福美滿
是你的應許之地嗎
但在此之前苦難
卻又是必經的過程
想追求如鳥一樣
先得以蟻的日子來換

錯在將痛楚和快樂
視為零和的兩者
你知道到達終點
真的會有不同的風景嗎
你真的知道終點能夠到達嗎

或許世界是巨大的莫比烏斯環，人薄薄地站在表面，以為擁有一望無際的自由，意志渴求呈現獨一無二的自我，實際上卻和他者同步用著一致的模式。誤解了「意義」，不過是一場文字遊戲，一道道自給自足的豐盛幻覺。

路
就是
一條直直的
活著是反覆地走
卻走得崎嶇蜿蜒
無法回頭

輯三
如人

”你知道自己出發之必然
可就是迷失了方向
原地打轉“

回到過去

突如其來就回到過去
匆匆向十五年前的自己
苦口婆心地交代

有些事可以不用憂心
有些東西該早一點喜歡
有些人要愛得更用力
有些未來……
嘮叨嘮叨著，突然
就醒了

忘了為何要告訴年少的自己這些
不知道是因為遺憾
還是希望從前的我不要變成
像現在的我的那種大人

完美主義

你想要什麼
就要靠自己爭取
但他們要你尊敬卻不是

把手伸得筆直
少一分
就要打一下

這是他們教導你
贏得愛的方式

於是從此
你只凝視
自己少的部分

然後日復一日
懲罰自己

城市的孩子

城市長大的孩子
並不善於期待日升
他們追趕時鐘的指針
六點半或是七點整
在海一般的天色
孤獨地列隊上岸
是熹微的清晨
時而是朦朧的傍晚

當公車的燈光破開薄霧
微睏的綿羊悉數
被趕赴至下一個牧場

城市長大的孩子
並不習慣親暱土壤
他們在安全地墊上追逐
時髦的玩具以及早熟的戀情
在塑膠製的城堡裡
成為適合受傷的貴族

從未見過牢籠外的野獸
也沒有足以攀爬的樹

但他們也有屬於自己的戰鬥
被教育要贏得珍貴的寶物
卻不曾學會面對失去的方法

城市的孩子已經長大
螢幕的數字取代了牆上時鐘
每一天被限時所追逼
像是數完了自己就會爆炸
蒼白沉默地燃燒
已經不再安全
也攢不了家鄉的一席之地

城市的孩子越長越老
心卻早就長小

輯三
如人

”城市的孩子越長越老
心卻早就長小“

睡眠是一場小小的死亡

零散的過往
在腦海載浮載沉
水面彷彿有燈
你溯流而上
游歷沿途景色

一晌貪歡
不知身是客
橋邊有人在等

端一碗茶湯
為你洗塵

造飲輒盡，醒來
你將漫長的幻夢遺忘
屈肢側躺一如初生
重回母體的胎位

又活著
你明白路還很長
要走完

小小的死亡
是每一日的輪迴
現世無明
放下了
才得安眠

輯三
如人

“造飲輒盡，醒來
你將漫長的幻夢遺忘”

活著

「枕邊掉的頭髮越來越多，喜歡的夾菜麵包從便利店消失。這些微小的絕望不斷堆積，才會使人長大。」
——芥見下下《咒術迴戰》

終於走到了這裡
過去以為遙不可及
不就是一個轉身
遠在天邊的竟是過去

沒有滿場掌聲
沒有可歌可泣
就這樣走過來了
見過的臉孔越來越多
同行的人已寥寥無幾

還有什麼在前面等著
是蜜是蟻是沉默
是流水線般的每一天生產相同人生
是泡泡破裂的聲音
在車水馬龍的城市街道向耳邊發出轟隆巨響動彈不得

醒來
不過是一場夢
不過是從世界的中心走過
在邊陲地帶
浮浮
　　沉沉

其實沒什麼好嘆息
那些進入過我的故事尚未讀完
也是那麼容易忘記

造一部神話而為此活著
有些幽靈並不真的死去

輯三
如人

”就這樣走過來了
見過的臉孔越來越多
同行的人已寥寥無幾“

21世紀我們拿什麼對抗虛無

善良徒勞無功
浪漫無濟於事
儘管如此

輯三
如人

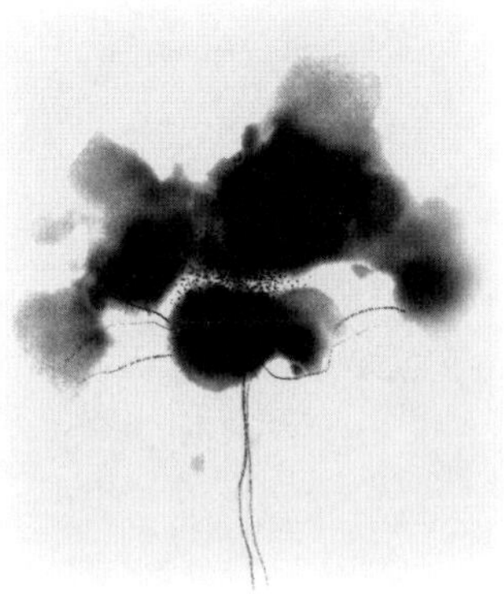

輯四 如國

一個人跳舞是造反，
全校作夥跳舞叫作民意。
——楊雅喆《女朋友。男朋友》

姑不而將的名

故事袂記按怎開始
煞嘛無結束的時
咱編織出虛華美夢
哪變一齣拖棚漚戲
日子是袂振袂動
親像漸漸慣勢
戇戇咧過
這款的生活

伊自生份的聲
成做阮熟似的面
是離水的魚互相依倚
是亡命之徒抵好搪著孤單身
敢若自作多情
毋知是誰守護著誰
抑是啥縛著我

猶原是分袂開
閣當做救命索仔
將阮牽繩
愛我恬去
自此以後
有耳無喙

伊共我號的名
敢是予我的命
毋過只是
他人的替身

等待看清
這个茫茫渺渺的夢
彼一工
願我已經學曉獨立

輯四
如國

“故事袂記按怎開始
煞嘛無結束的時”

我這一生放縱不羈

以為再往後就是海了
還能去哪呢

我原是這樣的人
是血就要滾燙
是夜就要撐到天亮
寧為青春絢爛煙火
毋願生如浮塵苟活

在如霧的戰場
我看見你
佇立在前頭
一朵不卑的花
暗空裡掩去星星

本念著蘭草同焚
如果大火要點燃我
我也要燒盡這城

怎知相遇之後
居然想過先退一步
海闊天空

愛自由
憎厭束縛
但和你一起
卻比我獨自一人
更加自由

輯四
如國

”本念著蘭草同焚
如果大火要點燃我
我也要燒盡這城“

小情小愛

已經可以談論
我們，在陽光燦爛的日子裡
高牆裂成碎片
有人低語，有人狂奔
有人登上山頭
要看最壯闊的風景

此時此刻，只有
我們，自願回到漆黑房間

一對戀人以手作眼
衡量彼此的容器
理解本質差異的美
才足以填滿
曾經悲哀的歷史裂痕

請以最真的名呼喚
我們，語言是誤解的開端
讓自己的口音
回歸自然
一顆種子的宏願
是甘於平凡
也能綠成一片草地

我們雖是小情小愛
但我們，也是好情好愛。

註：本詩改寫自鄭南榕先生之言——「我們是小國小民，但我們是好國好民。」

失眠

或許你從來沒有失眠
你只是和這個社會規範的時鐘
步調不同。

輯四

如國

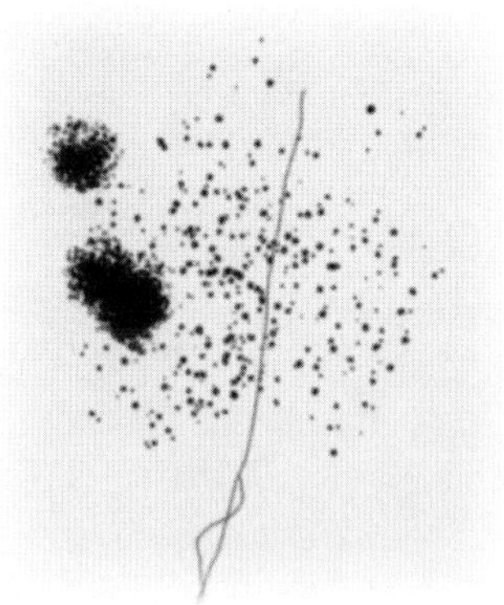

革命者

你對愛情總抱持許多原則
卻也總會愛上那個
打破你所有原則的人

直到最後你甚至發現
那些原則是對的，但愛
也沒錯，唯一無法解釋的
偏偏出現的竟是那個人

那人像個臥底的革命者
讓你甘願卸下獨裁的王冠
放棄專制的政權

彷彿你苦心建立的王法
存在即是為了被他所推翻

殖民

被一個人占有
錯認為愛

時間一久
喜好、習慣
連說話的方式都變了
就像建設和破壞
同時發生
同時存在

越來越不記得
原本的自己
只得想像和他
做為一個共同體

蟻

高椅上的貴族啜吮著奶與蜜
奶水斷給了便與母土道別

離不開的
在乾涸枯槁的乳房上
輪迴，列隊著死去

螻蟻眼盲，並愛著宿命
只能循著氣味，走相同的路

將自己的蜜，釀成母乳
持續餵養
下一位擁戴上高椅的貴族
這地上花，總開得不由自主。

2046

「那個時代已過去。屬於那個時代的一切，都不存在了。」
——王家衛《2046》

我不知道雨自何時落下
整座城溼漉漉的
彷彿再也無法記得
從前是那樣晴朗

沒有再過去了
沿著海岸線築起高牆
半個世紀以前的人
曾經見過一望無際的海洋

而虛構的記憶植入
半個世紀以後的人
沿著腦前葉築起高牆
再沒有過去了

參天的建築
像數以百計的針
刺進母土的肌膚

電子看板的虛擬人物
宣傳著值得擁有的美好人生
只要你乖乖遵守規則

活著，便像他們
反覆朗誦著
「服從即是作主」

我彷彿嵌著隱形的眼珠
夜裡的祕密
演算法比身體更清楚

一旦習慣被智能的便利所餵哺
人就成為了籠飼的雞
並且認為飛翔是一種病

危險是霧
危險是自由
危險是孤獨

我知道他人即地獄
而自己只是囚徒
甚至我就是我
自己的環形監獄

「即使一個人也要合群」
當我這麼想時
已經不知道是出於本意
還是被制約的反應

在這虛假的和平
皆是無處可躲的戰俘

他們在刀鋒邊緣跳舞

街角有花
花上有血
血染的手揮舞著
他們掙來的自由
毆打他們

有人造的暴雨
往人群下
有人撐傘

有人撐傘下的人
強風吹拂
便遍地開花
面罩底下沒有肉身

他們在刀鋒邊緣跳舞
膝蓋拒絕親吻泥土
一杯酒敬空著的位子
一首歌穿過拒馬和盾

白色煙霧畫出好幾道弧
催淚但還不到時候哭
舉起交疊的拇指和小指
廣場青年大聲說出這是責任

推倒假的銅像
舉起新的旗幟
用自己的文字
唱自己的歌

城市的英雄曾經被槍聲
吹散了不只一次
他們依然驕傲於失敗
魔法師用花火點亮黑暗
詩人決定在牆上題字

「與你共舞我很愉快」

輯四

如國

註：詩中多處引用台灣、香港、中國等地的抗爭口號。

自由之心

「我們每個人從出生的那一刻起，就是自由的。那和否定我們的人有多麼強大，沒有關聯。」
——諫山創《進擊的巨人》

如果我們是水
報以最柔軟的吻
不捨晝夜
也能削去頑石的堅韌

要是我們成了鬼
百代之過客
輪迴再輪迴
還是要活在我小小的城

我們若生如微塵
飄在茫茫的風裡
日積月累
終究足以埋葬巨人

致宇宙的孤獨者

任務日誌：「自亞當之後，未曾有人類像麥可・柯林斯經歷過那樣的孤獨。」

在眾神的遺忘中
遺忘眾神
沒有帝國的驕傲迎向我
僅有冷的文本

而這一切並不令我生厭
兀自旋轉著自己
當抒情的通訊戛然而止
是全然死絕的寂靜
所有生命的連線
都被虛空吞噬
我的窗外只有星星

那裡的數十億人以及
這裡的兩人此時
正在書寫歷史
那裡沒有我

但我並不嫉妒
命運，僅由我擁有宇宙
不同的孤獨

“兀自旋轉著自己
當抒情的通訊戛然而止
是全然死絕的寂靜”

勝利者

我們都在無知的搖籃裡
即使彼岸的蜂群
以危險的態勢
飛行，每日數次
過於接近海峽
渾然不覺恐懼

假使歷史的浮光掠影
滲入夢境

我們在血紅長空之下
如末日將至
殘垣斷壁、火舌通天
爆炸與爆炸連綿
掩蓋葬禮的夜色
老嫗和婦孺結伴同行
以母語祈求上蒼
遠離空襲的大雨

可誰是上帝？
我們的城又豈是索多瑪？

當然，殿堂傾頹
王的堡壘也會倒塌
大火在流光中熄滅
帝國的日落
墜入焦黑死寂之海

翌日又有新的太陽
在這座土地上加冕

燒夷了一切
廢墟的年號
死者的名字
都化為灰燼

數十年後
我們依然是受傷的人
卻要反覆聽訓著
「你和我們都是勝利者」

註：本詩與「台北大空襲」遊戲合作。二戰期間，台灣本島各地遭逢空襲轟炸，造成嚴重傷亡，卻因戰後政權改旗易幟，立場翻轉，遂使後世的台灣人對此毫無所知。

和平島

所有的孤獨
都來自於愛
所有的保護
都來自於破壞
所有的和平
都來自於屠戮

當所有的烽火
都來自於海的彼岸
你是成叢堅韌的林投樹
並不歸誰所有

千疊敷
萬人堆
（縱使這些名字
乍看以為隱喻著屍與骨）
彷彿棋盤和子
散落在島嶼邊緣
那是海與大地的對弈
幾世紀以後

當人們悉數離開歷史
仍是一場和局

在蝸牛角上仰望星空
要像塊礁石
海襲而來
也奪你不走

註：和平島，舊名「社寮島」，位於基隆東北方，曾為原住民巴賽族、沖繩琉球族聚落，後陸續遭逢西班牙人、尼德蘭人、漢人、日本人軍事占領。二二八事件期間，中華民國軍隊登岸無差別屠殺，故有一說，將社寮島改名為和平島是為表期許，願殺戮不再。

百年追求

「度過漫長四百年……駑騂難得已精疲力竭。年復一年既陰暗且殘酷的冒險……步步踏在崎嶇蜿蜒的歷史道路。」
——利昂・費利佩〈偉大冒險〉

1

嘿！異鄉人
告訴你一個笑話
讓你猜猜我手裡的這箱

裝著什麼？
沒錯，是一箱請願

2

自萬呎高空俯瞰
優越的都市，秩序的街道輪廓
他感覺慢慢有火，灌注進
他的胸懷。

他遠渡重洋
為異鄉人捎來書信
——還給我們自己的聲音

3

在水火不容的勢況
你聽見街上有人
為盲者而讀字

並非哭訴己身的悲願
而為言述對未來的壯闊想像
於是明白啟蒙的原意是
「照亮」

4

如果不知道自己
並非正義之師
就永遠看不見
死者的眼淚

鮮血染海
骨塚成山
卻只是
恐怖的開端

5

一道雷聲
震動了自由的春天
婆娑之洋，美麗之島

他們害怕思想
筆的力量
勝過於槍

6

開拓天地發揚人權
獨立先鋒發展民主
捍衛公論爭鳴自由
戰鬪新聞全元新潮
創造進步鄉土
創新臺灣寶島

火燃得了紙報
燒不了言論與理念

7

青年繫上布條，每一天
固定時間抵達
來了，就靜靜坐下

她不善發言
但喜歡聽人談話

時代更迭
廣場上
依然遍地開花

8

曾經有人登報為時代留下
註解：「沒有你
的清晨是黯淡的黎明」

走在建國路上
但不希望
後座少了你

9

長途跋涉，不惜千金
奔走返家，是為了回應
前人傳承予我們的使命
慎重地選擇
只因為明白自由並不便宜

若問異鄉的故鄉人
來自哪裡
答案只有一個

10

習慣被圈養的鯨豚
毫無所知回到大海
終究只是
故鄉的異鄉人

去理解歷史
你便能理解現在
理解了現在
我們就足以理解未來

讓我為你推翻一個國家

當夜幕降臨殺手
現身，光照不到之處
是永恆的夜晚
但白天，也有白的恐怖
沉默，是我這一代人
共通的語言

自由的殉道者
悲壯的火炬

為廣場種下花蕊
在前所未聞的故事裡
終於清醒
明白一粒麥子
也有他落地的使命

建立在偽神的謊言，飄洋過海的
這個國家，讓我為你推翻
推翻，以血與骨砌成的銅像
讓名字返還，它原本
所在的地方，像落葉歸根
鄉土，不再是幽靈般的複本

如果我們，依然執迷自己
一如執迷我們的鄰人
而這些勢必成為
我要推翻一個國家
不可或缺的理由

那將是洗盡塵埃的烏托邦
如你同為新生的嬰兒
乾乾淨淨，沒有宿命

自此以後，若你問起自己
是誰，從哪裡來
又要往哪裡去

接下來
就由你自己決定。

後記
我們拿什麼對抗虛無？

抱歉，這本詩集可能不是過去大家所熟悉的李豪（至少我自己這麼認為啦）。

我正走在一條重新定義的道路上。去年投身於專職寫作後，有了一些時間可以閱讀與文學無關的書，也因為如此，開了眼界，看見從前未曾注意的細節，於是我開始整理起自己的人生。當我回顧從前，彷彿台上演出的是我，而台下觀眾也是我，儼然已將聚光燈從自己的身上移開，不再是唯一的悲劇角色，而是可以冷靜、旁觀地去審視一切造就我的脈絡。對於過去經歷的事產生了新的切入視角，自然也會以此去看待未來的劇情發展。

其中角度最大，簡直是一百八十度翻轉我的思考觀點，就在於「語言哲學」這件事上，從維根斯坦、高達美（Hans-Georg Gadamer）到德希達（Jacques Derrida），比如說星座、信仰、身分認同，本質上很有可能都只是語言的產物，而人們再去對號入座，甚至令我懷疑習以為常的「愛」是否也同為如此？「文本之外，別無他物」，彷彿世界在我眼前展開了一個新的維度，然而走進去的同時，也象徵著與舊的、不合時宜的觀點衝突，當推翻成為必然，重新定義就成為了義務。

「活著的意義」是什麼？「愛」是什麼？「詩」是什麼？這些之於我的定義都需要重新思考，正因為語言有極限，而它的極限到哪裡，我能夠探索的世界就到哪裡。這本詩集就是記錄了這段過程，有對過往認知的質疑，也有思辨、實驗新的可能性。

當然，這一切並非如此順利，這一整年在創作上面臨了不小的低潮期，但真正難倒我的不是寫不出東西，大抵是希望創作不只是一再的自我重複，有野心想要跳出過往的窠臼，但拋下了包袱，一時之間卻還抓不到能夠攀爬的繩索，因此才顯得進退失依，難以下筆。

這其實像極了我人生的縮影，在嘗試的路上，我常常知道什麼是自己不想要的，卻又不知道自己真正想要什麼，關於未來的方向不過是隱隱約約好像有一個答案，於是總在一片迷霧中茫然，陷入自我質疑，這麼做是否有意義？

韓國導演李滄東在宣傳電影《密陽》時於訪談中提到：「我並不是基督教徒，也不會去教堂做禮拜禱告，如果問我有宗教嗎？我的回答是沒有。但是呢，美國有個機構進行過一項有關宗教的調查，他的問題並不是直接問你有沒有宗教，而是問你覺得人生中經歷的痛苦有意義嗎？如果回答有的話，那就被認為是有宗教性的人。」

問我同樣的問題，我會說沒有，因為我知道意義也是人造的語言產物，科學和理性告訴我，活著的這個世界原即是無序的，是我們企圖詮釋它的意涵，令自己安身立命。只是，如果不試著賦予生命意義，就要墜入消極的虛無之中了。

這幾年下來，我變得務實，立了個座右銘「Don't make a wish. Make a plan.」，不把夢想看得太重，也是保護自己不至於絕望的一種方法。但久了發現，要是對未來沒有想像，日復一日的勞動就會變得荒謬且空虛。

後來在阿德勒（Alfred Adler）的《自卑與超越》中讀到，二十世紀有位德國哲學家懷亨格（Hans Vaihinger）曾提出「『虛假』的心理學」，他主張：人類都是藉由現實不存在的虛假目標而生活著，雖在經驗上不可驗證，思想和行為卻深受影響。也就是說，人們做出的種種行為更多是出於對未來的想像，而不只是囿於過去的歷史，不見得是理性的，大半是由於潛意識中的某種理想型態。

這個觀點彷彿將我從過於理性的困境中拉了上來，過去那些被我認定是虛假、不切實際的，終究需要創造出這些目標，才有辦法走入下一個階段，就像夢境一樣，它沒有辦法影響現實世界，可是不睡著不做夢，卻也沒有辦法將日子過好。

所以，重估一切價值，在生活中找回浪漫與熱情，但需要除魅，明知有粉紅泡泡，不可為而仍為之，這也是詩集名稱《傾國傾城的夢》的夢字來由。內容便以美好的憧憬及其現實的反面兩者並陳。

至於「傾國傾城」，典出漢代李延年的〈佳人歌〉，中學時讀到便念念不忘，遇見愛情，城池衛士皆能為之傾倒，然而縱使交出國家大業，也換不得佳人的良機。這不剛好就是一種狂戀般的浪漫嗎？再者，如果這佳人指涉不單是愛情，可能是夢想、自由、尊嚴，這剛好也是一種對生命的熱情，堅持不容交換的價值，於是這也切入了我在這本詩集的另一主題——「政治」。

曾經我也是要依附理想而活的人，在血氣方剛的年華，是最壞也是最好，我和誰一同走上街頭，呼喊憤怒，在淒風苦雨中像主演自己的電影，不信真理喚不回。我們都說：「社會也許不會變好，但是你會。」後來這一兩年裡，看見香港、泰國、緬甸等各地青年，即使抱著傾國傾城的覺悟，也要奪回原本屬於他們的美好，這般革命者的浪漫與熱情，也是詩裡一再想要致敬的。

最後，個人私心想以三部曲的概念，承襲前兩本詩集的命名規則，加上《自討苦吃的人》靈感取自電影、《瘦骨嶙峋的愛》則是音樂，這本恰好致敬張愛玲的小說《傾城之戀》。從一個人自身談到兩人關係，再擴及到一群人的社會與認同，終於走到這裡。

《傾城之戀》書中有一句對白：「我們最怕的不是身處的環境怎樣，遇見的人多麼可恥，而是久而久之，我們已經無法將自己與他們界定開了。」

願這本詩集的每一位讀者，都沒有成為過去的自己所討厭的那種人。

文字森林
READING FOREST
文字森林系列 027

傾國傾城的夢

作　　者　李豪
總 編 輯　何玉美
責任編輯　陳如翎
美術設計　鄭婷之

出版發行　采實文化事業股份有限公司
業務發行　張世明・林踏欣・林坤蓉・王貞玉
國際版權　鄒欣穎・施維真・王盈潔
印務採購　曾玉霞・謝素琴
會計行政　李韶婉・許俽瑀・張婕莛
法律顧問　第一國際法律事務所　余淑杏律師
電子信箱　acme@acmebook.com.tw
采實官網　www.acmebook.com.tw
采實臉書　www.facebook.com/acmebook01

I S B N　978-986-507-652-8
定　　價　330 元
初版一刷　2022 年 1 月
初版二刷　2023 年 5 月
劃撥帳號　50148859
劃撥戶名　采實文化事業股份有限公司
104 台北市中山區南京東路二段 95 號 9 樓
電話：(02)2511-9798　傳真：(02)2571-3298

國家圖書館出版品預行編目資料

傾國傾城的夢 / 李豪著 . -- 初版 . -- 台北市 : 采實文化事業股份有限公司 , 2022.01
面；　公分 . -- (文字森林系列 ; 27)

ISBN 978-986-507-652-8(平裝)

863.51　　110020065

采實出版集團
ACME PUBLISHING GROUP

廣	告	回	信
台北郵局登記證			
台北廣字第03720號			
免	貼	郵	票

采實文化 采實文化事業有限公司

104台北市中山區南京東路二段95號9樓

采實文化讀者服務部　收

讀者服務專線：02-2511-9798

傾國傾城的夢

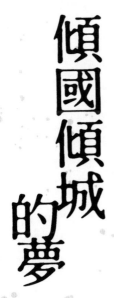

文字森林系列專用回函

文字森林
READING FOREST

傾國傾城的夢

讀者資料（本資料只供出版社內部建檔及寄送必要書訊使用）：

1. 姓名：
2. 性別：□男　□女
3. 出生年月日：民國　　　年　　　月　　　日（年齡：　　　歲）
4. 教育程度：□大學以上　□大學　□專科　□高中（職）　□國中　□國小以下（含國小）
5. 聯絡地址：
6. 聯絡電話：
7. 電子郵件信箱：
8. 是否願意收到出版物相關資料：□願意　□不願意

購書資訊：

1. 您在哪裡購買本書？□金石堂（含金石堂網路書店）　□誠品　□何嘉仁　□博客來　□墊腳石　□其他：＿＿＿＿＿＿＿＿＿＿＿＿（請寫書店名稱）
2. 購買本書日期是？＿＿＿＿年＿＿＿＿月＿＿＿＿日
3. 您從哪裡得到這本書的相關訊息？□報紙廣告　□雜誌　□電視　□廣播　□親朋好友告知　□逛書店看到　□別人送的　□網路上看到
4. 什麼原因讓你購買本書？□喜愛作者　□被書名吸引才買的　□封面吸引人　□對書籍簡介有共鳴　□其他：＿＿＿＿＿＿＿＿＿＿＿＿（請寫原因）
5. 看過書以後，您覺得本書的內容：□很好　□普通　□差強人意　□應再加強　□不夠充實　□很差　□令人失望
6. 對這本書的整體包裝設計，您覺得：□都很好　□封面吸引人，但內頁編排有待加強　□封面不夠吸引人，內頁編排很棒　□封面和內頁編排都有待加強　□封面和內頁編排都很差

寫下您對本書或文字森林書系的建議：

＿＿＿＿＿＿＿＿＿＿＿＿＿＿＿＿＿＿＿＿＿＿＿＿＿＿＿＿＿＿

＿＿＿＿＿＿＿＿＿＿＿＿＿＿＿＿＿＿＿＿＿＿＿＿＿＿＿＿＿＿

＿＿＿＿＿＿＿＿＿＿＿＿＿＿＿＿＿＿＿＿＿＿＿＿＿＿＿＿＿＿

＿＿＿＿＿＿＿＿＿＿＿＿＿＿＿＿＿＿＿＿＿＿＿＿＿＿＿＿＿＿

＿＿＿＿＿＿＿＿＿＿＿＿＿＿＿＿＿＿＿＿＿＿＿＿＿＿＿＿＿＿

＿＿＿＿＿＿＿＿＿＿＿＿＿＿＿＿＿＿＿＿＿＿＿＿＿＿＿＿＿＿